얼음 강을 건너온 미나리체

손한옥 시집

얼음 강을 건너온 미나리체

달아실시선
37

달아실

일러두기

1. 본문에서 하단의 〉는 '단락 공백 기호'로 다음 쪽에서 한 연이 새로 시작한다는 표시임.
2. 보조 용언과 합성 명사의 띄어쓰기 등 본문의 맞춤법은 시인의 의도에 따른 것임.

시인의 말

코끼리 앞에서 늘 허물을 숨겼다
내가 무너졌다
코끼리 앞에서 허물을 다 드러냈다
코끼리가 무너졌다

적이 없는 자리
허물이 허물어진 자리

나의 모든 허물들이여
세상 밖으로 나가라
돌아오지 마라

2021년 3월

손한옥

차례

얼음 강을 건너온 미나리체

2부

3부

4부

1부

미나리체로 서명하다

나의 리스트에 고딕체로 저장된 사람들을 불러 모았다
책마다 서명하고 밀봉했다

겨울 한철 미나리처럼 살아 있었다고
초록빛 선명하게 그려 보냈다

공동묘지 앞을 지나면서도 휘파람 부는 유쾌한 낙천 뒤에
정직한 고통들 눈물도 싱싱하다고

초췌한 흔적을 남기고 날아가는 저 말의 빛과 그림자
할 말을 했다는 반과 말도 안 된다는 반에서 나는 또 웅
크린 스피노자를 생각한다

처음보다 두 번째 두 번보다 세 번째 세 번보다 네 번째
네 번보다 다섯 번째
햇빛을 가리지 않은 사람만이
얼음 강을 건너온 미나리체를 만날 것이라고

제도 증후군

발자국마다 설설 끓던 설이 지나갔다
정체감에 대한 회의 만감이 분주하다
세상에 먼저 나와 받은 축복에 대한 환원치고는 길다
장자는 숨가쁜 시간처럼 물 물 밥 밥 술 술 하염없이 청하고
제도에 대한 몸의 항변 어둠의 바탕에 자리 잡는다

화두처럼 지닌 초연성 불명에 대해 분석한다
법명의 자락마다 육전 냄새 조구 냄새 탕국 냄새 나물 냄새
알밤에도 냄새 나고 곶감에도 냄새 나고
엎드려 절하는 갈돗자리에서도 냄새 난다

불같은 어른 따라오느라 며늘애기 얼굴 상기되어 발갛다
속도 따라 젖는 손 마를 새 없어
슬슬슬 한기 들어온다 춥다
저기 피아노 위 부스러진 허공을 모아 여백 없이
불 밝힌 인형의 집 참 따스하겠다

안과 밖 그 사이, 날개는

부엌으로 난 창문 위
자크라디 항아리잔 사이로 들어오는 햇빛 청록빛이다
날개가 돋았으면 좋겠다
그릇을 씻을 때마다 하는 생각 오늘도
엷은 유리 한 장을 뚫고 나가지 못하는 날개
무용지물의

마른 밥알 붙어 개수대에 쌓인 이 그릇들
불가마에 녹이면 날개 돋을까
끊임없이 물 흘려보내 넘치고 넘치면 멧목 하나 올까

오늘도 작년 오늘처럼
앞집엔 수백 개의 가을 곶감이 주렁주렁 매달리고
까톡까톡까까톡톡 울리는 폰 속
주홍빛 노을을 포옹하며 유럽을 운행하는 그녀의 사진들이 환상처럼 날아오는데

비목 같은 내 어깨 위
눈처럼 쌓이는 이것은 쌀일까 밥일까 목숨일까

결코 돋지 않을,
결코 돋지 못할 날개 그 아래
출구가 봉쇄된 천형의 사랑

공정한 식탁

천상천하 유아독존
존귀한 독존은 공양에서 시작한다
공평한 수저와 포크 휘슬러 스테인레스
에르메스 접시에 편차 없는 질과 양의 고기와 생선과 계란프라이
자크라디 물컵과
동양의 딸기와 포도와 요플레

상전과 하전 없기
쌀밥 먼저 퍼고 꼬래기에 상반으로 주걱 빗어 담는 밥 말고
스스로 독존

어른은 어른이어서 살펴 먹고 아이는 아이라서 살펴 먹기
어른이 아이를 다독일 때 아이도 어른이 친밀하지
위계란 위가 아래를 다스리는 게 아니라
위가 아래를 품고 가는 계
위가 먼저 가본 길 가시나무 걷어내고 모난 돌 치워주기
〉

갈치 머리와 몸통과 꼬리
공정한 식탁
천상천하 하나로 존귀한,

굿모닝, 좋은 아침

365일 하루도 거르지 않고 날아오는 카카오톡 문자 굿모닝 좋은 아침, 나는 무서운 아침입니다 발송되는 시간도 정확합니다 노래와 시와 춤과 정치와 시사와 인문과 해외 토픽과 공자와 정약용과 태극기와 촛불과 분노와 한탄과 고독까지 총천연색 정보들 찬란합니다

웃고 울고 함께 흔들려야 하는데 특별한 지명에 자부해야 하는데 시간이 흐를수록 그의 외로움과 지성의 배려가 이슬비에서 소나기에서 폭우에서 홍수로 범람하여 이제 곧 대문을 밀고 들어올 것입니다

신발이 잠기고 텔레비전이 잠기고 식탁이 잠기고 침대가 잠기고 시가 잠기고 컴퓨터가 잠기고 마지막으로 잠옷 입은 내가 잠길 것 같습니다 그의 외로운 신에게 분명히 나는 이길 수 없을 것 같습니다

며칠을 두고 길을 모색했습니다 아무도 모르게 단행해야겠습니다 외롭다는 그의 말은 분명히 거짓말입니다 365일 그가 메시지를 전송하는 찰나의 그 힘은 무서운 기

뽐일 것입니다 나는 그의 기쁨에 더 이상 함께할 수 없습니다 어쩌다 늦어지는 시간에는 안절부절 세뇌된 내가 더 무섭습니다

이제 나는 그를 감쪽같이 버릴 생각입니다 차마 그럴 수 없었던 지체의 시간이 허비였습니다 나는 알고 그는 알 수 없는 시스템으로 그를 차단할 것입니다 홍수 같은 그의 고독은 여전히 홀로 기쁠 것이고 나는 참으로 고요해질 것입니다

미안해하지 않을 겁니다 결코,

그리워라 발랄한 날

우리의 위장은 끝났다
창백한 입술 위 오렌지빛 립스틱
팽팽한 말 주머니 버건디색
오래 지워지지 않는 완벽한 도포 발랄하던 때
즐거워라 달콤한 돌체라떼 라떼
브라보는 어디?

데스마스크 아래
우리의 연극은 끝났다
눈썹을 세우고 머리를 세팅하고
날개옷을 입고 오를 무대는 철수되고
미나리를 씻으며 작은 창을 내려다보며 부르던 노래는
피아니시모 피아니시모
입술에 녹아내리던 캔디는 어디?

아트센터에서 헤어핀을 사고
새로 나온 볼펜을 사고
비말도 다정하여라 빙수와 치킨 뜯어먹던
아이들의 키는 그어진 빗금을 넘지 않고

날마다 한 뼘씩 자라는 우울 세기의 박사가 발표하는
백신은 아직 어디?

거대한 팬데믹 아래
아웃 링크되어 숨 쉬는 날들
그리워라 그 발랄한 날

직설적인 새

매화 배꽃 다 보는데
가뭄 든 밭이 다 젖도록 할 말 못할 말 다 쏟았다

오두방정 삐쭉새에게 들키고 말았다
조석지변 용심을 내려다보며 쉬지 않고 말한다
삐쭉삐쭉 삐쭉삐쭉
사이좋게 살아라 쇠귀에 경 읽기다

늘어진 벚꽃 한 움큼 훑어 던졌다
날아가지 않고 산뽕나무 가지만 촐랑 가소롭다 말한다
고렇게 생긴 맘에 예쁜 시가 나오냐
삐쭉삐쭉 어림없다 삐쭉

손목에 힘 들어간 호미촉 뜨겁다
애꿎은 돌 바스러지고
산새 악다구니 악처 입같이 막을 수 없다
세상에서 제일 재미진 것이 남의 흉보는 것이라고
삐쭉새 이 가지 저 가지 옮겨 다니며 한나절 내내 삐쭉거린다

껍데기만 멀쩡하다
삐쭉삐쭉 너 잘났다 삐쭉

벚꽃 이파리 하나
쑥 이파리 하나
싹싹 비벼 귀 막자

만萬에 하나

하늘이 무너져도 한다면 하고 마는 에미 성품을 아는 아들
그 에미 만사 다 제치고 좋아하는 일
도비도 바지락 캐러 가는 일
지금은 디스크 굴신이 어렵지만
도비도 그 푸른 섬 꿈에도 사무치는 봄 여름 가을 겨울
수수억 년 윤회하는 밀물과 썰물

아들은 호미와 들통이랑 쪼래기와 장화랑
만반의 준비를 해놓고
새끼들 바람막이 따습게 입히고
만선을 약속하며 신나게 나간다

화이팅으로 전송하고
씁쓸하게 앉아 아픈 허리 파스 붙이며
바지락은 많았을까 물때는 맞았을까
한통 찼을까 춥지는 않았을까
운행 길 졸지는 않을까
마음은 서해대교 열두 번 건넌다
〉

아들 손자 며느리 진 빠져 돌아왔다
긴 썰물에 장어 잡고 돌게 잡고
물을 찍찍 쏘아대는 바지락 들지도 못하겠다
야들아 아그들아 고생했네 그러나 참말로 잼있고 신났겄다야

바지락을 까면서 며늘 몰래 물었다
이눔아 니는 가면서 빈말이라도
같이 가잔 말 한 마디도 안 하고 가냐
머 말하면 따라나설까봐서 그런겨

하하하 네
만萬에 하나!

대나무 꿀에 빠지다

감밭 아래 모인 아이들은 하얀 감꽃을 실에 꿰어 내 목에 걸어주고
대밭 속으로 데리고 들어갔다
담뱃대가 긴 청도할배 대밭
바람 불면 시퍼런 바다 파도 소리가 났다
깊이 들어가면 길을 잃을 것 같은 무서운 대숲

대나무에는 대꽃이 피었다
어른들은 대꽃이 피면 난리가 난다고 수군거렸다
그러나 아이들은 신이 난 거다 꽃 아래 반짝이며 매달린 꿀을 따먹을 수 있으니
나도 가지를 휘어잡고 쫀득쫀득 먹었다
과자도 귀해 꿀아재비 넣고 밀을 볶아 먹거나 노란 찐 쌀뿐인데
천혜의 꿀이 온 나무에 달렸으니
청도할배만 안 나타나면 되는 거다

대꿀을 따먹은 뒤 온몸에 두드러기가 돋았다
코가 모과처럼 울퉁불퉁 붓고 입술도 땡깔처럼 부풀고

손과 발 엉덩이까지 부어올랐다
두드러기에 효험 있다는 검정 옷을 덮어쓰고 찾아간 돌팔이 의원은
신장염으로 위독하다는 진단을 내렸다
팔랑개비처럼 사방팔방 돌아다니지만 나를 잃을까 놀란 엄마는
조약을 찾아 해먹이고 부기가 빠진다는 문어를 삶아 먹였다
신통방통 문어 물을 먹은 뒤 부기가 빠지기 시작했다

대나무 벌레 진액의 꿀만 핥아 먹을 일인데
벌레집을 통째 따먹은 식중독으로
대꽃이 온몸에 난리 꽃으로 피던 때
지금도 주홍빛 그 벌레집 온몸에 오래 쫀득거린다

새벽 꿈

비행기가 떨어졌다
장난감 같은 승용차들 박살이 났다
김밥을 먹고 난 뒤 구겨서 버리는 은박지같이 차들이 구겨졌지만
다른 사람은 그 속에 하나도 없었다
보도는 비행기보다 빠르게 전해지겠지
목격자 나만 살아 있으니
몽둥이 같은 마이크들이 내 앞을 가로막겠지
하루 이틀 사흘 나흘
목격의 증인으로 불려다닐 테지
비행기는 다시 만들어질 테고
웅크러진 차들은 다시 핸들이 꽂아져
서울 부산 김해로 광명으로
메이드 인 스웨덴의 숲에서 나온 테이블을 실으러 가고
호주 들판에서 나온 질 좋은 갈비를 싣기 위해 코스트코로 갈 텐데
일단은 비행기를 치워야지

현관문을 열고 나가는 게 우선이지

개선의 여지없는 버럭말 남발의 맹세 난 탈출해야 해
점점 숨이 막힌다
죽을힘을 다해 문을 밀어냈다
비행기 날개 한 쪽 찌지직 밀려났다

내 가슴을 누르고 있는 비행기 날개
그의 오른쪽 다리
새벽 네 시 긴 꿈,

민들레 하얀 봄

학교의 봄은 너희들이 있어야 꽃이 핀다.
보고 싶다!
— 시인 나태주

텅 빈 운동장
홀로 펄럭이는 플래카드 바라보며 서 있다
학교 가고 싶어요! 친구들 그리워요!
운동하고 싶어요! 우울해요!
울컥, 주먹으로 눈물 닦는다

민들레 새싹 나올 때
우리들은 집으로, 집으로 돌아가고
민들레 노란 꽃 필 때
우리들 책은 점점 노래지고
민들레, 하얀 꽃씨로 일생을 마칠 때
우리들 몸에서는 손과 발 동작 그만으로 함께 하얗다

딱딱한 책상 삐걱이며 문지르며 개그하고 빡세게 날리던 하이파이브

우리들 손은 뒤로 뒤로 자꾸 숨는다

〈우리의 계절은 선생님 곁에서 열매 맺을 겁니다
그 책상 그 칠판, 그립습니다〉
— 학생 공윤서

오월의 메타포

잠이 오지 않는 밤
아카시꽃 피지 않았는데
꽃냄새 진동한다 향기 따라 가보니

비녀 꽂은 어머니
내 동생 욱이 안고 찐감자 껍질 벗기고 있는 일기장 부근이다
미끌한 돌멩이 들면 청록색 고동이 입을 오므리는 수통미 부근이다
살색 긴 양말로 내복을 둘둘 말아 넣은 남루한 치마 입은 봄은 왜 그리도 산란한지
보리밭은 왜 그리도 일렁이던지 종횡무진 달리던 오월 부근이다

똘똘이 감나무 아래 오줌추무리 향해 머슴아처럼 서서 오줌 누던 나의 생가 부근이다
앉으나 서나 웃거나 울거나 가장 많이 함께 살아, 죽어서도 함께 살아 쓸쓸하지 않을
나보다 나를 더 잘 아는 언니 부근이다

장기 기증으로 보관된 두견새 오빠처럼
고기 잡던 통발이 아직도 걸려 있는 오빠의 침침한 헛간 부근이다

꿈길에도 푸른 미리벌 동녘
단장면 미촌리 사촌구미 부근 씨 뿌리 듯
열 평짜리 박달산 부근 땅 따먹는다
바람 부는 오월 밤 연두에서 초록으로 건너가는 부근에
거친 열 손가락 마디마디 지질게 일어나고
새앙쥐 한 마리 발가락을 건드린다

산정에서 읽다

보체리 땅 연꽃밭에
큰 시인의 영과 육을 묻는 순간
하늘을 빙빙 돌던 까마귀 떼
일시에 숲으로 들어갔다

오래 묻었다
치열한 문장과 지성과 소년과
그래 그래까지 깊숙이 묻히는데
후학들
너무 멀어 가시는 길 따르지 못한다

백 번 돌아보아도
백 번 오너라 하셔도
한 발도 떼지 못한다

산정에 올라 여실히 읽은 문장
착을 지닌 것들이
일시에 무너져 내리는 증언
〉

애착,

너희가 나를 못 보내는 것이 아니라
너희를 두고 내가 못 가는 것이더라

마지막 팬티

이승의 마지막 순간까지
여인은 지켜지는 것이었을까 가려주는 것이었을까
한생을 함께한 반려자도
자신의 몸을 지나온 아들과 딸도 아닌
선택된 시중의 마지막 옷

당신의 한 세기를 끝내고 새로운 가문을 이끌어갈
장자의 내자 젊은 어미에게 내린 독백과 무언의 허용

입었던 속옷을 벗기고
새 속옷으로 갈아입힐 때 둔탁한 그 촉감
자작나무 같은 육신의 말들 지킴과 여밈의 절제 같은
독백 그 우위의 지엄한 당부

일생의 운행 길 한지같이 질겨라
출렁이는 결들 하담같이 깊어져라
내가 죽어 누워 있을 때 내가 너와 함께 있으니 용기를
내라*
〉

육중한 무게 위에 쌓이던 서늘한 그 견책들
뜨거운 눈물도 거두어가던,

* 윌리엄 포크너, 「내가 죽어 누워 있을 때」에서 인용.

머리를 감고

산책을 한다
느리게 아주 느리게

하늘을 본다
예전의 하늘이 아니다
제트기 지나간
마하 저 너머의 속도가 긋고 간 자리
생멸의 선 선명하다
구름 속 까마득히 사라져 보이지 않는
비행의 끝
어느 날 내 숨결의 끝 또한 저 구름 속 고요
생야일편부운기生也一片浮雲起
사야일편부운멸死也一片浮雲滅

하늘은 수수억 년 그 자리에 있는데
나의 탐과 진과 치들이 구름처럼 일어나고 또 스러지는 것

산책을 멈추고 모자를 벗는다
머리카락을 만져본다

하얀 한 움큼
아득한 그 봄날에는 초록,
진초록이었을,

2부

양다리

꿀벌 씨끼
꽃도 꽃 같잖은 개망초 위에서
이 꽃과 저 꽃 사이 다리 걸치고
빳빳하게 촉 세우고 꽃분 빤다
부어터진 하늘
우당탕탕 번개치고
검은 비 억수 만수 쏟아져라
저 꿀벌 양다리 휘청낭청거리도록

개분과 계분

공동으로 구매한 거름이 왔다
흰 푸대에 담긴 거름들 형체도 모호하여
개똥인지 닭똥인지 냄새로는 모른다
공지할 때는 개분이라 했는데 우리는 자꾸 계분이라 고쳐 읽으며
획 하나가 지닌 맞춤법에 생각대로 읽는다

메마른 땅에 거름 넣고 뒤집었다
동글동글한 거름이
누렁이와 흰둥이 슬그머니 다녀간 듯
밭고랑마다 동그랗다

확실한 공지로 야무지게 알려준 개분에
고착이 굴복한 오후
비 온다
동그라미 잘 풀리겠다

감자꽃 부탁

쫓기는 사슴을 지켜주는 곳처럼 동남풍 불어
늘어진 아카시아꽃 불법 경작지를 숨겨준다

숨은그림찾기 같은 하늘만 보이는 산 땅
거친 산 돌을 헤집고 심은 감자 책임처럼 자란다

흙 묻은 손으로 마시는 매실차 하늘만 안다
쫀득쫀득 먹는 찰떡 하늘만 안다

능선을 타고 오는 사격장 총소리 이리 날아와도 안 무섭다
쇠비름 쇠뜨기 뽑는 소심한 손 이따금 멈추어도
뿌리는 쉬지 않고 땅을 밀고 내려가
보랏빛 감자꽃 다섯 개 더 피었다
파보나 마나 자주 감자꽃 나팔처럼 세워
아카시꽃 열흘만 더 머물러라 불고 있다
아찔한 향 하얀 분 포슬포슬 스밀 때까지만,

산 땅

정직한 땅 욕망의 땅
우리는 이 땅에 금강석을 심을 것이다
그리고 포동포동 야문 몸 될 것이다
토닥토닥 시시비비만큼
잔돌도 많아라
네 말이 틀리고 내 말이 맞다는데
돌의 꼬라지하고는 둥근 것 하나 없다
사방이 칼 같다
산고구마 캐내도 껍질 깔 걱정 없겠다
이 돌 하나 있으면 고라니도 잡겠다 멧돼지도 잡겠다

나오는 대로 씨 뿌리는 말 뻔새는 못 잡겠다만,

공연한 기쁨

아침에 일어나니 공연히 기쁘다
그리 기뻐할 일 아니다
슬픔 또한 공연히 오는 것이니

사소함에서 오는 것들
피도 살도 섞이지 않은 젊은이의 달디단 노래 있어
치명적 재난을 넘어온 기쁨도
뜨거운 황토밭이
초록으로 익어가는 하짓날
오이와 고추 익는 기쁨도 공연한 기쁨

햇빛 가려주는 옹색한 우산 아래
달아나는 그늘 따라 돌아가며 앉을 때
그림자 내려와 저린 무릎에 앉는 공연한 기쁨

응달 깊은 구미 서녘 텃밭에
살구 노랗게 익어가는 그 바람 속
대소쿠리 가득 가지 고추 넘치던 그 바람에
햇빛 따라온 어머니 그림자 공연한 슬픔
〉

낮에도 밤에도 오이는 길어지고
나는 기억 속 어머니 따라가고
옆에 있는 것 같아도 날마다 혼자 가는 들길
하지감자처럼 묻힌 채 늙어간다

땅으로 가는 길
공연히 기뻐하며
공연히 슬퍼하며,

욕망도 자라는 봄

시퍼런 대파는 희나리진 겨울을 밟고
무사처럼 솟고
쪽파도 짧은 키 키우며 초록초록 올리고
밭주인도 번쩍번쩍 얇은 삽으로
쌉쌉쌉
초록빛 뚝방을 자꾸 베어 먹고 있다

어느 독서의 배후

책이 나를 버린 것이 아니었다
그 행간 속 달콤한 오디 포식의 김밥들
오디가 나가도 김밥이 나가도 달라진 건 그 의자 위
목소리들뿐 그림자는 변하지 않아

11층 엘리베이터 오르고 있는 동안
문은 열리고 닫히고 잠기지는 않아
햇빛 내려와 고개 숙인 정수리마다 둥글게 모이는 빛
순서대로 마주치던 눈빛과 행간 속 밑줄들 어느 별이
될까

밑줄 그을 필요 없는 불 꺼진 화요일 밤
책갈피 갈피마다 목련이 지는데
로맹가리만 살아 선명한 밤
한 아이가 오래된 수요일 위에 앉아
상표를 뜯으며 가만가만 내 용도를 폐기하고 있다

단단한 잠

모서리에 누워 있다 측은지심이 만든 매듭
무장 없는 철책을 넘나드는 소리들
오래 길들여진 실책을 자책한다

장과 졸이 만든 영토 위
궤도를 벗어난 무중력 공간에서 잡히지 않는 주파수
굴절된 사람의 사랑이여

엄나무 둘러진 곳
함부로 돌던 습관들이 박제처럼 웅크리고
소리를 모르는 밤은 태연하게 낡아가고
잠은 점점 낯선 별을 만난다

권리로 둔갑한 배려들 자생의 능력들 바닥을 쓸고
유록은 어디서 돋을까
고립의 길 위에 불어오는 황토 바람 깔깔하다

근기의 그릇

바늘 촉만 한 분노 솟구칠 때
오백 년 쌓아올린 인욕의 탑 와르르 무너진다
칭찬이 사람 잡아 우쭐거리며 설쳤던 건 출렁거리는 상바가지
풍선보다 얇게 묻힌 지뢰밭
분노의 조각들 폭발할 준비 일상처럼 가진 채

겉은 미동 않지만 몸은 몸으로 말한다
수억만 개의 세포마다 식은 땀
강이 생기고 길길이 폭포 뻗는다
구구구 저 산비둘기는 우는지 웃는지
청승인지 기쁨인지 알아들을 수 없지만
창밖으로 들리는 웅얼웅얼 찔깃찔깃 넘기지 않고
오래 씹는다

오 배 아프다 하늘이시어
물러서시라 나이아가라 폭포 발생 경보,

거미집

잠이 오지 않는다 초롱 같은 밤

손닿는 대로 꺼낸 시집

읽다가 잠 오면 팍 쓰러져 잘 것이다

거미다

박성우의 거미를 읽고

박성우의 어머니를 읽고

박성우의 한나잘 반나잘을 읽고 읽는다

틀렸다 오늘밤 잠자기는

밤새도록 박성우 집 근처

질기게 짓고 싶다 거미집
〉

박성우의 거미 쾌속으로 내려오고

벽모서리 모서리마다

그 어머니와 함께 끈끈하게

번쩍번쩍 거미집

눈으로 말하다

지독한 안개 숲
한 번도 와본 적 없는 숲에서
반쪽의 얼굴로 살고 있다

언젠가 들었다 사내의 공약을
경험해보지 못한 세상 속 유토피아 예견을
배나무의 배들은 사납게 떨어졌다
까마귀와 배나무는 적이었을까 친구였을까

착한 아이들의
봄 여름 가을은 빙벽에 둘러싸여
긴 긴 동면에 들고
노인의 무릎은 늪 속에 빠져 있다
그 고운 진달래와 벽오동은 어느 산에서
홀로 피고 또 졌을까

주적의 비말들
코와 입술이 지워진 사각의 백지 위
눈으로 더듬는 검은 벽

웃는지 우는지 낯선 얼굴들
들리는 소리마다 동굴 속처럼 아득히 멀고
눈물이 흘러도 들키지 않아 괜찮다니

손가락 마주잡던 파장들
주춤주춤 뒤로 감추고
너가 나를
내가 너를 주저하고
kiss가 사라지고 keep가 창궐한 세상에서
반쪽 얼굴로 반만 웃고 반쪽 세상 속을 건너간다
눈으로 말하며,

콩의 눈물

1
귀신인 줄 알았다
귀신을 본 적도 없지만

2
햇빛 내리는 밭둑에 앉을 때마다
타닥 탁 타닥 탁
돌아보고 돌아보아도 아무도 없는데

눈부신 사광 아래 들깨꽃 송이송이 하얗고
날마다 배추는 서로서로 울력하고
무우는 초록으로 굵어가는데

3
찾았다
비좁은 방 견디지 못한 마른 콩
탁 탁 타닥 탁
껍질 뚫고 튀어 나가는 소리
〉

4

책 버리고 책장 버리고 의자 버리고 옷 버리고
이 물건 저리 가고 저 물건 이리 와도
앉은 자리 답답한 나도 언젠가 저 콩처럼 튈지 몰라

물도 헹궈 먹는다

갈무우 밭에서 무우를 뽑아 이빨로 돌려 까먹고
고구마 껍질을 가마니에 쓱쓱 문질러 먹고
과일도 자르지 않고 먹는 원시가 본색이다
사람아 나는 자가 아니다 칼이 아니다

나는 소
기인 혀로 푸른 풀을 스윽 당겨 먹고
나는 닭
생쌀이나 찐쌀 마구 쪼아먹고

이따금 열두 요변으로 그대 무딘 간이파리를 흔드는
시청같이 맑은 물도 헹궈 먹고
잘 벼린 낫처럼 시퍼런 보름밤
스무 번 씩 법살을 넘는 백여시라는 것
그대 그리 아실 것

에르메스 애니멀과 지하철

말 문양 바지와 말 문양 블라우스를 입고
기린 문양 스카프와
100$의 이태리제 핑크 모자를 쓰고
저 포도는 너무 시다고 문양에 반비례하는
마을버스와 지하철을 탔다

무제의 아이러니 발걸음 당당하다
고단한 직립의 땀 서린 지극한 지하철
아카데미 영화 속 고용주가 뱉는 비열의 냄새를 밀어내며

묵은지와 움파와 갓김치와 돼지 목살과 닭 날개를 자르는
뽕나무도마 냄새 배여 있는 명품 옷 속 누에 냄새
부르주아의 혀는 또 어떤 말로 찢어낼 것인가

천둥에게

안녕, 천둥아
우르르 쾅쾅 소란스런 천둥 너 그렇게 오지 마라
갈기 휘날리는 준마처럼 당당하게 오너라
네 소리 한 번만 말해도 알아듣겠다
먼 곳에서 말해도 헤아리겠다

산유화 지나고 때죽나무 건너
양달뜰 지나 구릉논 지나 수통미 모롱이 돌아서거든
네 소리 가만가만 피리꽃처럼 낮춰라

세상에 무서운 것 하나 없지만
칼빛 달고 오는 네 소리 오장을 흔들어
우릉우릉 배 아프다
칸나꽃이 붉은지 푸른지 봉숭아꽃 붉은지 푸른지 홍망한데

지은 죄는 번쩍번쩍 조목조목 또렷하다

3부

닭대가리

사내는 오늘도
그녀가 닭인가 사람인가 시험한다
날마다 어느 구름에 비 들었는지 몰라
느닷없는 폭우 내리는 휴전 없는 곳
그들은 서로가 주적

수술실 앞 세 시간 째 그녀가 주력하는 신묘장구대다라니
일 년치 모아 달달달
나모라 다나다라
퇴원하면 비늘도 비늘도 건드리지 않을 거다
목카 싱하 목카야

천수천안 백의의 옷자락 그 몸에
강림하시라
신이란 신 앞에 간절한 간청 그 염원 하늘에 닿아
사내는 기고만장 씩씩하게 퇴원하고

멀리도 아닌 하루 만에 그녀는 다시
쌈닭 원상복귀 적진에서 건들건들

777호실 병에게

그 사람 본심은 참꽃 같은 거 너도 알잖아

내가 투정한다고 너 또한 경멸하냐 내 푸념의 바탕은 더 친하고 싶은 것이지만
너의 경멸은 하찮은 까탈 이제 그만 돌아가거라 저 사람 아프면 나도 아파

철봉 같던 몸 감말랭이 같아 강변에 넘치는 돌멩이같이 격조 없는 말에 네 또한 상처받아 품었을 심술 냇물같이 내려가거라 이제 던지는 돌도 푸석하더라

저기 저기 보아라 뻐꾸기 소리 높고 진달래 피는 새봄 오고 있네 제비꽃 신발 사 줄 테니 곱게 신고 갯버들 새순 움트나 보러 가거라 사뿐사뿐 떠나거라

가상의 슬픔

가상의 부재 위에 내리는 비 몰랐다
마취로 정지된 시간 앞에 앉아 주력한다
흰 가운을 입은 거룩한 신들의 손이 좀 더 빨라지고
어느 병동에선가 들리는 블루코드에 한결의 마음들이 침이 마르고

무섭도록 고요한 수술실 앞 모서리에 불온하게 앉은 나비 한 마리
그가 꽃이었다는 걸 지금 알아진다
이른 봄 버들가지 물오르고 저 먼 마을까지
유록의 세상 올 때 일군 스무 평의 땅
익은 방울토마토를 따면 실한 웃음 어디
무우씨를 뿌리면 그 위로 실크 같은 흙을 뿌리는 손 어디

없다 없다 없다 위로 눈물만 있겠다
황량한 바람 부는 붉은 사막에서
모래 한 알의 나는 일몰을 쫓아다닐 나는
어디에 서서 눈물을 막을까
〉

신묘한 대다라니를 청한다
끝도 없이 뿌려대던 길고 잔 소리들 그래 마구 뿌려라
내 전신으로 씨처럼 뿌려라 화살처럼 뿌려라
산수유처럼 백설을 덮고 서 있어도 따뜻하겠다

일어나라 몽롱한 눈을 들고 일어선 순간 제일 먼저 잡는 손
맘에 없는 맘으로 뿌리쳐도 기쁜 노루같이 달릴 테니
앓지 마라 자 내 손 여기 있다
거미 같은 그대를 보는 내가
까맣게 홀로 익는 각시분꽃 아직은 싫은 거다

이상한 기념일

결혼기념일을 축하한다면서 아들이 사온 장미꽃 케잌
어느 구름에 비 들었는지 모르는 기념일은 동전같이 닳고 닳아
케잌의 화려하고 달콤한 장미꽃만 무색하다
불 밝힌 생크림 장미꽃 꽃이었음을 지우며 녹아내린다

–언능 나오셔요 할아버지 케잌 잘라요
잿밥에 관심 있는 아이들 열두 번도 더 부른다
–박수치셔요 할아버지 케잌 녹아요
–싫다! 너거끼리 해라 틀니도 다 뺐는데 기념일은 무슨…

생과부 같은 할머니 케잌 한 입 녹이며
할아버지 단단한 껍질까지 녹여본다
어설프게 조립된 할머니는 할아버지의 거추장스런 틀니
빼버리면 그만인

아들님아
축하는 부질없다

수희동참하는 이 용심 위에 내리는 천복은 아들님이 가지소

이팝꽃

직각으로 먹는 밥 절대적 훈육에 곧게 앉아 먹는 사관의 식탁에서
경직된 말과 장기 보류된 웃음들 공자는 죽었는데 논어는 날마다
시퍼렇게 살아나 건조한 그녀의 심장에 군림한다

그녀는 점점 영악해지고 결별의 식탁을 모색해냈다
그가 추구하는 독선의 논지들과 해독되지 않는 경전 고요히 접었다
해해연년 생성과 소멸로 격렬했던 계절들을

완고한 식탁이 사라지고 순한 바람 부는 재생의 밭
콩새 날아오는 감자밭에 간다 과속으로 먹던 밥 급체 사라지고
향기 진동하며 더덕줄기 직립으로 뻗어가는데

무너지지 않는 그의 성은 철옹성 얼음 나라 제왕
저리 뭉글뭉글 눈부신 이팝꽃 속에
창백한 그대 봄이시여 왜 그리도 견고하신가

섬섬이 홀로 펴먹는 저 많은 이팝꽃 배후

나 같으면 하염없이 외롭겠다
나 같으면 하염없이 펴주겠다

지시적 반란에 대한 이념은

사내는 황제요 군주요 제왕이요 선장이요 지휘관이요 감시자요 제주요

하늘과 땅과 바람의 기운 구름의 뜻
구름이 감춘 비 빛깔마다 다르다
충신과 가신 중전과 무수리여 그 입 다물라
사내는 날마다 한 번도 가보지 못한 나라를 위하여 위하여
가속 페달을 밟는다

가시란 가시 모두 돋아난 숲
엄나무 아카시 탱자나무 해당화
가여워라 가시나무 숲 바람 부는 데로 너울너울
사내는 무치

검은 숲 아래 열이 여린 해당화 가시 위 천형의 고독 품고
이름이 꽃이어서 피고 이름이 꽃이어서 진다
부화되지 못하는 반란들
곪은 눈물 건조한 이 모래 제국을 위하여

우리는 앉아 밥만 먹었는가

모네의 봄

–가시나 참 못됐다
사흘이 멀다 하고 욕먹었다

못된 것이 아니고 안되었던 유년의 봄, 봄
축제의 꽃잎들 그리 지나갔다
아래 위 사방 빛 따라 분분하던 봄
보랏빛 그 연못

봄은 왜 그리도 길었을까
벼룩이 물고 간 줄 알았던 풋살구 봉오리 실루엣
땅콩이 익어가던 강변은
왜 그리도 뜨겁고 또 푸르렀을까

기고한 사춘의 오만한 외투를 벗긴 건
햇빛도 바람도 아닌
소년의 맑은 정수리에서 발아했던 오석 한 알

지금도 겹겹의 꿈 채색하는 여기 박달고개 아가페 연못
환각의 꿈들이 무릎 꿇고 경배하는 곳
천 년 접속된 모네의 빛 벽안碧眼

쪽밤

누웠다 주홍빛 이불 위
주홍글씨 새겨진 주홍빛 잠옷 입고 누웠다
따뜻하다 이런 방도 있었네 온종일 앉지도 못했기에 낯설고 고맙다

제사 말미에 맏며느리 올리는 절을 끝내고
장자가 돌리는 하얀 알밤 받는다
유주무주 허공의 말은 알밤 소리로 내는 걸까
한 알씩 오도독 소리 내고 깨물어
아쉬우실 어른 전송하고
하얀 도화지 흰 상에
따라오신 벗님께도 한 수저씩 곱게 곱게
키 큰 손자 마당 내려가 음복해 드리는데
참말로 다 드신다
흔적 없이 사라지고 흰 상만 팔락인다

뒷날 차 밑에 웅크린 살색 고양이 두 마리
털빛 유난히 반들거리는 연유만 묘연하다
〉

엎드린 그들 어른 되어도
내 가슴 속 절절하게 아이같이 맺힌 애틋한 사람들인지
아무도 모르게 올올이 맺힌 웬수 같은 사람들인지
나란히 나란히 엎드린 등을 바라보면 순하고 미덥더라
툭툭 등을 두드리고 싶더라
시름들 녹으며 입만 열면 울겠더라

잘 모르는 시간들이 지나갔다
나도 나를 모르는 시간들 함께 섞여 지나갔다
누가 적군인지 아군인지 선명하지 않은 채
모든 사랑의 출발점 자신이 기준 되어 결정나지 않는 불투명한 미래
관습과 현실과의 거리에서 언변을 자랑하는 입
먼 산에 불 끌 수 없고
쪽밤투성이 알밤은 나 혼자 깎았는데
한 껍질로 붙어 있어도 싸고 있는 버니는 범접하지 못하는 독단의 집
계란으로 바위 치는 소리 높아
바위는 바위로 산수에 묻혀 있는데
〉

나는 왜 자꾸 시절 인연을 흔들고 있는가
고요하자 말아라 쉬자 말아라
한옥아 초연성아 사랑하는 띠꾸야

너만 고요하면 된다

쪽잠

여기는 햇빛 아쉬운 5병동
나는 휴지를 꼬아 에어컨 송풍구를 똬리 틀어서 막고 패딩을 입었는데
그는 불덩어리
아이러니를 안고 누워 있다
식은땀을 흘리며 고열과 겨루며
빙하를 건넌다
엷은 공기에도 완강한 거부
젖혔다 덮었다 반복하는 이불 속
훅, 단내 난다
미세한 바람마저 내저으며
거북이 등 같은 틀니를 뺀다
함몰된 입술에서 조각조각 흩어지는 단어들 조합해서 듣는다

검은 내 모자를 덮고 누운 그는 낯선 거미
시시각각 파란만장으로 운행하는 일상의 현주소 어디인가
잦은 병고에

조석지변으로 일어나는 저 높새바람의 정체 아래

나의 척추에 매달렸던 플래카드는
어느 병동 낡은 구석에 구겨져 있을까
〈절대 과로주의〉
라는,

친밀의 미로

–장미공원 갈까요 어디든 일찍 좀 나가주자요 아이들 편하게

–날이 흐린데 12시나 돼야 밝아지는데 뭘,

–있잖아요 사진은 거짓말 안 하네 내 얼굴 보니 웃어도 짜증이 배어 있네요

–틀니를 끼고 웃는 게 얼마나 힘든지 아나

내가 그래서 못 웃는데 사진 찍을 때마다 내 보고 웃으라카노

–어제 수박 산 것 재난기금으로 첫 수박 샀는데 냉장고 강생이들 불이 나데요 지금 껍데기만 남았어요^^

–칠월까지 쓰면 되는데 뭘 그리 빨리 쓰대노

–옆집 아우가 이런 스트레칭으로 허리가 나았대요

–그렇게 해서 나은 사람도 있고 안 나은 사람도 있지 뭘

장미공원 나 혼자 갈 꺼다

날 흐리면 검은 장미 비 오면 젖은 장미 햇빛 나면 밝은 장미

바글바글 시시때때 우리는 서로가 서로를 볶아주는

친밀, 토종밀

밀양 1

긴늪 숲을 지나 다원벌을 지나 금곡다리를 지나 애장들
경을 지나 수통미를 지나 양달뜰을 지나 상엿집을 지나
단장면 미촌리 사촌 보리포구 당산나무 숲을 지나면 나
의 생가 나온다

새봄에 오래된 봄처럼 보았다 백 년 늙은 감나무 연둣
빛 새순 꼬추 달린 머슴아와 놀던 여섯 살 앉아 있다

여린 듯 거칠고 아리고 몹쓸 시
내 피를 돌고 돌아 불감당인 말들
수통미에서 이따리목까지 끊이지 않고 흐르는 무진한
시 종자들
고종감 반시감 뚤뚤이감 동이감 붉디붉게 익어가는

밀양 2

위암 걸리신 아버지와 우리는 고향인 단장면 미촌리 구미로 이사 왔다
시골 아이들은 빨간 모자 달린 옷을 입고 부산에서 전학 온 내가 우상이었다
아이들은 나를 데리고 다니며 마을 곳곳의 이야기들을 전해주고 조심하라고
귀신이 있는 곳까지 알려주었다 귀신은 어둡고 컴컴한 곳 가마니 드리워진 변소나 오래된 바위거나 고목 아래 있다 했다 한 번도 보지 못한 귀신을 나는 믿고 지내며 조심조심 살았다

바람과 구름과 진달래 감나무와 밤나무 탱가리와 꺽두구 쑥과 소나무 사나운 태풍과 붉은 홍수 구릉논과 양달뜰과 이따리목과 칠탄정 피래미와 버들피리 풍개와 대꽃 참외와 포도 살구꽃과 가지 당국화와 우물 아버지의 임종과 지붕 위의 흰 옷 짚으로 만든 머리띠와 대나무 지팡이 까마귀와 까치 새끼줄 감긴 빈소와 곡소리 엄마와 언니와 내 동생 욱이 사무치는 그 땅 봄 여름 가을 겨울 꿈속에서도 찬란한 땅 밀양 내 시종자의 고향

잘못된 못, 못

못 하나 버리지 못하고 다 들고 오는 사내
상자 속 반듯한 못은 스무 개 중 한 개

머리 꼬인 건 쓸 수 없지만
몸이 꼬인 건 고쳐 쓸 수 있다고 두드려 편다
천만 년 땅 따먹을 농장 울타리에 촘촘하게 박히는 못

봄마다 정리할 옷과 신발들 놓고 골똘한 사내
운동할 때 밭에 갈 때 산에 갈 때
편하다고 더 입고 더 신고
해해연년 새 것은 다시 얹어놓더니 삭아버린 나이키

산에 가자면 들로 가고
나가자면 집에 있자
날마다 용호상박 날 세워도
사내는 그녀를 버릴 줄 몰라 못 버리는지 몰라

심안心眼

정예된 훈련 있어 문을 닫아 열어 할 것도 없다
스스로 닫히고 스스로 잘 연다
길 아닌 길에서 돌아갈 줄 안다
혹독한 훈련과 사자 새끼로 자란 심안

날마다 개와 산다는 친구가 보내 온 글
개랑 싸워서 이기면 개보다 더한 놈이 되고
개랑 싸워서 지면 개보다 못한 놈이 되고
개랑 싸워서 비기면 개와 같은 놈이 된다고
이 사람아 개와 견주지 마라
등만 쓸어도 그 손길 털끝으로 헤아려 충직의 털을 눕히는데

몽둥이나 칼이 사람을 베는 것이 아니고
허연 거품 감고 거침없이 떨어지는 말에도 사람은 베어지고
그 아래 있는 풀과 나무와 바위까지 서서히 삭는다는 것

낙차 그 아래 풀과 나무와 바위의 묵언 속 수수억 년 흘

러도
  폭포가 천 년 죽고 죽어 다시 태어나도 위로 오를 수 없음에
  그들은 심안으로 열고 닫는다

말 달리다

그는 별이었고 나는 졸이었다
별 따라 달 따라다닌 스물여섯 번의 이사
전방과 후방을 사자처럼 노루처럼 넘던 산맥들

흑백텔레비전과 쌀과 보리
뻣뻣하게 언 빨래 접어 대한통운 붉은 말 등에 싣고
폭설과 폭우와 폭풍을 건너온
높은 산과 능라 강
돌아본다 이제 늙은 강가에 앉아

저 푸른 하늘에 오르신 이슬시인이
스물여섯 번의 전입과 퇴거의 이력 모아
책 만들라는 당부 수십 년 지난 오늘
우럭 같은 주소들 투망으로 하나 건져 올린다

4부

비극과 희극 사이

1

나는 저 아이를 사랑하기 위하여 사랑하는 것이 아니라 하늘의 마음으로 사랑하는데 아이는 오직 제 어미와 아비만이 합일이다 함께 사는 건 가족이다 한결로 사랑하는 거다 일러도 아이가 그려놓은 동그라미 바깥은 천길 벼랑

아이는 유년의 내 거울 내가 서 있다 나 닮아서 예쁘고 나 닮아서 밉다란 말 인과가 그리 오랜 세월이 지나는 것이 아니더라 시시때때로 어머니 앞에 서는 나 어머니 환생하시면 진상의 그 딸 다시 만나실까 묻는다 그래 수수억년 지나도 그리하실 것이다 왜냐면 내가 그 끈 놓지 않을 거니까 웬수처럼 귀인처럼 나찰처럼 엄마 아버지 오빠 우리 언니 내 동생 욱이 사무치는 이름들 돌아오라 다시 다시,

2

어느 날 내 손을 물끄러미 바라보던 아이 말 할머니 손은 목욕탕에서 나온 것 같아요 깨끗하단 말이구나 했는데 천만에다 물에 불은 듯 늙고 주름진 손에 대한 아이 눈

의 기준 내 혐오의 기준 잠긴 문 앞에 와서 문 열라 해도 열지 않는 문 앞에서 기다리는 건 비감

그대로 머물러라 세상에서 사라져도 기억 한 켠 세잎 클로버에 불과할 뿐이니 네잎 클로버를 딴 희열의 기억은 잊으시라 견주거나 노여워 마시라 아이의 사랑이 몇 센티이거나 몇 킬로이거나 재단하지 마시라 아이 마음 그 바탕에 있는 어른은 언제나 자유를 제지하는 봉건자, 저를 거부하고 계관하는 대상이라 여길 것이니 내 유년의 한 켠처럼 만날 때마다 대쪽 같던 지적자 상주할매 혼일지 몰라

3

노여워 말라 바라지 말라 손이 다 닳아도 천근으로 서 있어도 천출의 이 마음 죽일 놈의 사랑 하늘도 못 헤아리지 아이는 노인의 냄새를 알아가고 노인은 자신의 노화된 봉건의 냄새를 알지 못하고 있는 것이 비극이요 희극 뒷산 박달산 푸른 새벽 숲에서 뻐꾸기 운다 오늘은 또 어떤 산도깨비 내려올까

〉

4

돌아본다 철칙 하나 불온과 악을 이기는 것은 사랑 사랑뿐이더라 일 십 백 천 만 내가 이르지 못함이니 수억만 번 헤아려도 사랑 하나뿐 너덜너덜 사랑 나를 키워온 건 구 할의 사랑 그대로 그대로 지금 그대로

밥, 밥 먹어야 하니까,

곶감이 된 밀감

아버님 기일
진설을 둘러본다
어동육서 좌포우혜 홍동백서 맞고
조율시이 시에 딱 걸렸다
혼망한 물목들
곶감처럼 말라가고
홍시보다 무른 정성 송구하여 읍하는데

막내 시동생 일주향 맑은 음성
응무소주이생기심 나투며
8폭 금강경 병풍으로 나를 둘러 감싼다

-밀감도 감입니다 형수님!

공자 80대손

공자의 맑은 피 받아 맘에 없는 소리를 못 하니
슬픔보다 기쁨보다 예가 우위라 일러도
마음에 우선 이르지 아니하니

안녕히 주무셨느니
안녕히 주무시라느니
궁금하지 않는 질문과 당부

아이가 만드는 커피 달고나
달달한 맛을 혀 쪽쪽 빨며
돌리며 먹고 싶은 아이할머니
돋보기 저 너머 힐끔힐끔 안 보는 듯 보는데

아이들은 제 어미 아비 섬기기
살았을 제 다하느라
어미 아비 주려고 봄날 햇가지 같은 보드라운 팔을
낭창창 휘어지도록 수백 번 돌리는데

케냐AA 커피향

무심하다 무엄하다
루소는 죽었다 에밀 책갈피 사이사이로
대책 없이 진동한다

디바 네일

내일은 조카 혼인식
자정이 넘도록 붙이고 조이고
마음에 비례하는 꽃

김현미 아티스트
조급한 내 손을 위무하며
소나무 마른 갈비마다 찬란한 채색
극치로 이어가는 밤
검은 벨벳 아트
고갱이 살아서 얼마나 행복했나

번개 지나가듯 변신하는 무광의 변신 속 새벽이 오고
세수도 못 하겠다 지워질까 떨어질까

묵언 같은 무광 손톱 달변보다 단단하다
닫힌 문 열면 대지의 노래 만창할 듯
묵정밭에도 고라니 넘나드는,

봉은사 홍매화

봉은사 앞뜰 홍매화 가지에 꽃등 매달고
민들레 꽃씨 날아가듯 열꽃 날아가라 기도한 사람이

누구일까
휑하니 비어 있는 뼈골마다 실바람도 들지 말고 찰지게
창창억억 다져져 꽁꽁 여며져라 기도한 사람이

누구일까
허허 둥둥 디디는 발걸음 어지럽지 말라고
밥 한 술 고기 두 점 국물까지 넘기라고 기도한 사람이

잘 가라 열꽃 화무십일홍
알게 모르게 피운 부실한 꽃

너는 내게 나는 네게
어떤 꽃이 참꽃인가를 일러주어
고맙다

곪으면 터진다

심지 않은 복 달라 곡비 되어 빌었다
물 불 바람 차와 길
부딪치는 것마다 마장장애 가져가라고
피붙이 살붙이 사돈의 팔촌까지 빌었다

현답이 왔다
세상이 행복해야 내가 행복한 것이라고

파도 같은 복 일관성 없다
눈부시게 반짝이다가 거품 물고 뒤틀다가
일순에 스르르 녹아내려 채신없는 복

전생에 나라를 몇 개나 팔아먹어서
이 영웅을 만났을까 하면서
이 영웅은 전생에 나라를 몇 개나 구해
날 만났을까 하면서

밥 그릇 씻는 소리 사납다
메이드 인 잉글랜드 이 다 빠지겠다

내 손톱 밑에 든 가시
놓쳐버린 그 고기 가장 큰 고기
나는 늘 잘하고 잘했고 날마다 겨누는 궁도

거룩하신 이 영웅님 태초에 이 모습일 터
박꽃 핀 내 눈
하늘에 둥실둥실 이 죽일 놈의 사랑아
만추에 든 내 눈 칠월 벌판에 시든 개망초

오늘도 가시 박힌 손가락 들고
바늘로 파내며 경전 본다
그냥 두란다 곪으면 터진다고

바이러스 기우

— 인서에게

외롭던 영혼들 별나라로 돌아간 새벽 네 시 우수수 바스러지는 마른 시레기 구겨버린 일 참회하고 연일 대통령을 꾸짖은 것까지 참회하고 잠 떠난 새벽 차라리 일어나자 대낮처럼 불 밝힌다

피 마르는 골똘한 악몽 망상의 환영들 저 이웃나라 대륙과 해가 지지 않는 나라 우리들 앞에 동트면 고요한 새날 돌아와 있기를 움츠린 말굽박쥐들 날개 접고 타클라마칸 동굴로 돌아갔기를

고맙다 아이야 모른 척할 뿐 언제나 넌 내 모자를 쥐고 있지 두텁게 눌러 써도 내 모자 속 알고 말지 이 새벽 뒤척이는 내 망상을 꾸짖는 듯 기우에 반역하듯 활짝 문 열고 나와 콧물을 닦는 찰나

맞다 넌 신의 한 수 나의 똘똘한 조각 하나로 빚어진 것 냉정하게 방문 열고 들어간 뒤 모질던 기우들 글썽이며 스러진다 고맙다 강생아 아프지 마라 차라리 내게 던져라

당찬 그 손으로 고열의 그 불덩이 녹일 천수의 내 손 위에

네 웃음 바람꽃같이 차가워도 어여뻐라 네가 나를 알듯 나도 너를 알고 마는
넌 나의 지극한 반야 한 조각

저, 별등

상강 별빛 아래 바라본다
돌아누워 잠든 언니 등 만져본다
얇은 꽃이파리 숨결 따라 핀다
살구꽃 찔레꽃 가지꽃 채송화 황국 지천이다

이끼 파란 그 우물가 칸나처럼 오래오래 꼿꼿하게
살아도 죽어도
감자처럼 달려 살자

나 혼자 자란 줄 알았다
나를 업고 키운 여윈 등
오줌 묻어 따가웠을 여덟 살 그 등
보리포구나무 아래 살구놀이할 때마다
얇은 다리 일어서서 띠 추키며 달랬을 별등

야윈 아버지 밤마다 모기 쫓던 마른 쑥향
돌아 돌아와
곤히 잠든 언니 숨결의 무게를 떠받치고 있는 상강 오늘밤
〉

희망이 범람하는 새벽을 향한 경배 거룩한데
어느 이슬이 우리를 적시겠는가

세신洗身

송구스럽게 누웠다
낯선 손길 지나갈 때마다
무의식적으로 양다리 자꾸 안으로 움츠린다
잉태하지 않은 아이 낳겠다

그녀는 꽃스나미
뭉친 결마다 쟈스민 꽃물 녹여
온몸을 휩쓸어 헤쳐나가다가
자근자근 두드리다가

허리에 붙은 반창고 있어
나 좀 뻔뻔해도 좋겠다
이따금 그녀 부드러운 가슴 내 눈앞에 출렁이고
아카시향 진진하게 풍기니 찰나에
정경마님에 이른다

앉으면 눕고 싶어지는 간교한 몸
물방울 가득 매달린 목욕탕 천정 말고
소낙비 내리고 소나무 울창한 숲 속 노천에서

멜러즈의 채털리 부인이 된다면
온몸의 껍질 올올이 풀어내도 좋겠다

길과 소음 사이

소음이 지나간 둘레길
지난 듯 아직도 남은 소음에
비행기 소음보다 거칠었던 그녀의 환절기를 돌아본다

집착을 사랑의 대열에 가담시키지 못한단 말은 하지 마라
육식이 주식이던 사내의 등뼈가 휘어지지 않을 뿐
오래 길들여온 방식을 수정할 수가 없었을
스멀거리며 몸을 휘감던 환멸들 떠난 자리
안도의 기운이 연민으로 남는다
청맹과니 눈으로 읽은 오독을 자책하며
손가락 끝마다 남아 있을 흔적
소각하지 마시라
처음부터 그 자리 개망초 무더기 아래 도사린 살모사
순전히 그건 폭설을 지난 봄 그대의 봄 탓

다시는 날아오르려 마라
처음부터 그 날개 펄럭일 수 없었다
빈자리마다 맴도는 환청,
그 소리 치유의 증언으로 남기를,

맑음의 바탕

우리는 속이 훤히 보이는 그 사내 이기의 바탕을
맑아도 너무 맑은 것으로 푼다
인품을 삭감하고 매도하고 싶은데

미운 놈 그렇게 떡 하나 더 주고 말아
말하는 사람도 공연히 맑아지고
맑은 그 대상도 공연히 맑아지는 말

환하게 들여다보이는 속
혹자는 뻔뻔하다 말하는데
나무도 풀도 꽃도 나비 하나 오지 않고 황량하게 맑은
측은한 저 우둔과 독단의 이기를
산신령인 우리는 우리 스스로
맑음으로 명명하고 위무한다

버려진 의자

삼 년 전
그녀가 저 안락의자를 사들고 올라갈 때
빙빙 돌아가던 풍요의 웃음을 기억한다
날마다 분주하던 그녀
앉아 있을 시간이나 있었을까
날마다 까르르 깔깔

앞집 뒷집 숟가락이 몇 개인지
큰 소리 나는 집 앞 곳곳마다
훤하게 다 알고 알아야 하는 그녀가
어느 날은 눈도 보이지 않는 퉁퉁 부은 얼굴로
어느 날은 마른 싸리나무 같은 얼굴로
난간을 붙잡고 한 걸음 한 걸음 천 리로 오르더니

그 안락 하늘가 어디까지 올라 구름처럼 돌까
하늘에 이른 그녀 이 마을 저 마을 기웃기웃 아직도 분주할까

폐품장으로 나와 앉은 안락의자

그 위에 앉아본다
물에서 건져낸 듯
거미 같은 그녀
홀연히 사라진 쿠션 위
반들거리던 웃음과 앙상한 그림자
버려진 물상 뒤에
흔들흔들 남아 있는 안락

칠 년 만의 식사

과거와 현재의 시간은 대립한다

가쁜 숨을 내쉬며 달려온 그녀
마지 올리던 상단의 신륵사를 버리고
고단의 애버리지 볼링을 버리고
식은땀을 흘리며 안겨드는 사내를 버리고
형형색색 찬연한 인사동을 버리고 왔다

엇갈린 시간은 열리지 않는 문 앞에서 늙어가고
연결되지 않는 숫자의 부재 앞에서
너무 넓은 세상은 묵묵부답

그녀는 협심의 심장으로 숨 쉬는 일에 목숨을 걸고
나는 내 아이들이 숨 쉬는 일에 목숨을 걸며
폭설과 폭우와 폭염을 건너간다
한 번도 보지 못했던 눈과 비와 더위들
비감으로 건너온 측은지심 정직하다

구월이 오고 착한 시간에 우리는 다시 밥을 먹었다

살찐 고기를 구워 먹었다
왼쪽 귀가 들리지 않는 그녀는 조심해서 숨을 쉬고
나는 그녀 오른쪽에 앉아 태우지 않고 고기를 구웠다
그녀는 잘 먹고 나는 슬픔까지 구웠다
아프지 마라 슬픈 도반아
자꾸 자꾸 불을 올리고 바짝 구워지는 슬픔들 하얀 재로 변하고
칠 년 만의 식사는 하염없이 뜨겁고
허기진 늦은 해후 배부르다

바람돌이 여우

기침만 해도 돌아가는 금빛 인형
꼭대기에는 꼬리 긴 여우 앉아 있다
조둥이와 꼬리 간사한 극치를 품고

얇디얇은 금빛 여우
화를 냈더니 돌아간다 막 돌아간다
소리 파장 따라 쉬지 않고 돌아간다

독설의 마디마디 쇠도 흐물거리는데
노기 서린 혈맥 따라 사람의 뼈 삭아 내린다

애달픈 만상들 거친 남루들
발화했던 순한 그 시절의 허망이여
눈부신 소실점까지 방황하지 마라
추스르며 얇은 저 여우 형상 앞에서
오늘도 하늘에 침 뱉고 마는 갑질의 숨을 고른다

장미, 그 우월한

집채만 한 장미꽃 두 송이 어미는 황금색 비단 위에 누워 있고
아비는 산 위에 올라 꽃을 꺾어 비단 이불 위에 툭 툭 던지더라

부처님 전 수십 년 꽃 공양해도 한 번도 만나지 못한 꽃
긴 긴 장맛비 내리시는 날 홀연히 피었더라

밥 산나물 들나물 오디 먹고 산딸 먹고 천둥 울고 번개 쩍쩍 갈라져도
꽃은 희열의 자양분 어미는 무적의 장수 꿈속에 본 태몽의 그 장미꽃
날마다 허방을 채우고 거친 산맥을 넘게 하는 꽃의 품 너희였어라

발문

미나리체로 쓰여진 시, 모심(母心)과 모심[侍]의 시

— 손한옥 시집 『얼음 강을 건너온 미나리체』를 감(感)하다

박제영(시인)

1

세상에 남이란 없습니다(天下無人). 네 이웃 보기를 네 몸같이 하라(視人若其身)는 까닭입니다. 그러나 근대사는 타자화의 역사입니다. 사람과 사람의 관계를 보지 못하고, 인간과 자연의 관계를 보지 못하고, 인간을 타자화하고 자연을 대상화해온 역사였습니다.

— 신영복

2

"박 선생께서 제 시집 평 좀 써주이소." 손한옥 시인께서 시집 원고(『얼음 강을 건너온 미나리체』)를 보내오셨다. 그때 거절했어야 했는데, 차마 거절하지 못했다. 그의 시편들이 가진 무게를 잘 아는 터라 과연 감당이나 할 수 있을까 걱정이 앞서고, 후회막급이었지만 이미 엎질러진 물이었다. 기왕에 쓰는 글이지만 내 깜냥으로 해설은 언감생심이고, 발문 비슷한 정도만 되어도 좋겠다. 과연 나의 바람대로 될지는 모를 일이다.

손한옥 시인의 지난 시집들을 읽었을 때 신영복을 떠올렸다면, 이번 시집의 원고를 읽었을 때 문득 떠오른 것은 김영민 선생의 문장이었다. "사랑의 언어는 사랑을 실어 나르지 않으며, 그 언어의 무늬가 곧 그대로 사랑인 것이다(文不載戀 紋只是戀)."(김영민, 『사랑, 그 환상의 물매』). 김영민 선생의 말을 나는 이렇게 바꾼다. "손한옥 시인의 언어는 얼핏 시를 싣고 있지 않는 듯 보인다. 그 언어의 무늬가 곧 그대로 시인 까닭이다(文不載詩 紋只是詩)." 그러니 손한옥 시인의 시집을 읽기 위해서는 그 언어의 무늬를 제대로 살펴야 한다. 과연 그 언어의 무늬를 제대로 살필 수 있을지 이 또한 모를 일이다.

3

손한옥 시인과 눈이 맞은 건 정확히 2007년의 일이다. 고 형렬 시인이 만들었던 『시평』이라는 계간지가 있다. 그 『시평』 2007년 가을호에 실린 손한옥 시인의 시 한 편이 그만 내 눈을 사로잡은 것이었다. 그 얘기를 먼저 해야겠다.

어머니는 시인이었다
직설적인 시인이었다
백석보다 향토적이고 정지용보다 활유적이었다
행위에 가장 적절한 언어를 장치하고 오장육부를 도려내 굵은 소금을 뿌리고 바늘로 찔렀다

안동손가(安東孫家) 문중에 연애결혼은 내가 처음이었으니
이 일은 벼락을 칠 일이기도 했지만
나를 키운 구 할은 어머니의 욕이었다
그 아름다운 얼굴에 독설의 항아리는 어디에 숨겨뒀을까
언니는 이렇게 말한다
–팔 남매로 자라면서 나는 단, 한 번도 들어보지 못한 욕이다, 라고 하지만
이건 우리 마을 어귀에 서 있는 당나무에 맹세코 거짓말이 아니다

–사당패같이 돌아 다니는 년
–머리 피도 안 마른 것이 머슴아 만나는 년

-쌔가 만발이나 빠질 년

-주딩이가 열닷 발이나 나온 년

-조둥이가 염포창날 같은 년

-갈롱 부리다 얼어 죽을 년

-지 에미 잡아먹을 년

-엄발이 돋을 대로 돋은 년

-어른이 나무랄 때 한 마디도 안 지고 아바리 총총하는 년

-제 어미 알기로 발가락새 때만도 안 여기는 년

-양탈비탈 둘러대고 돌아다니는 년

이런 년, 나를 두고 어머니는

-고렇게 사람 말 안 들으면 눈에 밍태껍데기 붙이고 영남루 다리 밑에 있는 너거 엄마한테 데려다 줄 거라고

-더도 말고 덜도 말고 딱, 니 닮은 딸 하나 낳으라고

축원하고 또 축원하셨다

어머니, 수년을 산문(産門) 닫고 사시다가 새삼스런 마흔에 나를 낳고

한풀이란 한풀이는 다 하셨네

달도 없는 그믐밤, 대숲이 으스스 흔들리던 밤, 갈가지 자갈 던지는 밤

밤똥을 눌 때마다 엄마는 한겨울에도 속옷 바람으로 따라와 앉아 있다가

닭장 앞에 데려가서 절 시키고 말 시켰다

-달구님요 달구새끼님요 닭이 밤똥 누지 사람이 밤똥 누능교

인심 좋은 달구님요 우리 아, 밤똥 가져 가이소
누가 죽여도 모를 캄캄한 밤 이런 날이 잦았지만 그때 엄마는 한 마디도 욕하지 않았다

나는 정말 명태 껍데기를 붙인 엄마가 다리 밑에 살고 있는 줄 알았다
그런 어느 날 몸살로 낮잠 자고 있을 때 내 이마를 짚으며
–우찌 하꼬, 이래 열이 펄펄 나서… 맨날 지 엄마를 다리 밑에 있다 했더니 참말로 여기고 쯔쯔…
나는 다 들었지 다 듣고 말았지
참말로 좋았다 할머니 같은 우리 엄마, 펄펄 열이 나도 좋았다

어머니의 축원은 영험이 없었다
결국 나는 아들만 둘 낳았다
단 한 번도 나는 두 아들 앞에 직설적이지 못했다
정말로 지랄할까봐 못했고
정말로 미칠까봐 못했고
혀가 빠질까봐 못했고
남사당패가 될까봐 못했고
말대로 될까봐 못했고, 못했다

그러나 어머니는 이 욕을 주시면서
내가 건너지 않아야 할 강을 보여주셨고
나에게 마르지 않는 눈물샘을 주셨고

어머니의 우량한 시 종자를 주셨다
—「직설적, 아주 직설적인」 전문

『시평』에 실렸던 이 시는 2010년에 나온 손한옥 시인의 두 번째 시집 『직설적, 아주 직설적인』의 표제시이기도 하다. 이 시를 처음 보았던 2007년 당시 나는 이렇게 그 감상을 적었다.

"어머니,는 더 이상 상징을 갖지 못하는 시대이다. 어제 에스비에스 〈그것이 알고 싶다〉에서는 모성을 잃은 어머니들에 대해 다루지 않았던가. 굳이 시대를 이야기 하지 않더라도 어머니,는 시적 소재로 진부하다. 너무나 많은 시인들이 어머니를 시로 쓰지 않았던가. 그래도, 그러나, 그럼에도 불구하고, 우리 모두는 '어머니'를 반드시 통과해야 하는 존재들이다. 우리 모두는 '어머니'를 통과해서 나온 존재들이다. 그러니 시를 쓰는 자도 한 번은 반드시 '어머니'를 통과해야 한다. 그런 연유로 여전히 많은 시인들이 어머니를 '쓰고' 있지만, 문제는 언제나 '쓰여진 어머니'의 진부함이다. '쓰여진 어머니의 진부함'은 얼마나 안쓰러운 일인가. 와중에 손한옥의 시,「직설적, 아주 직설적인」이 있어 참 다행이다. 어머니,가 진부한 것이 아니라 쓰여진 어머니,가 진부한 것이라는 것을 증명하고 있기 때문이다. 최근에 이만한 감동을 준 '쓰여진 어머니'가 있던가."

나는 쓰여진 어머니,에 관한 이만한 시를 전에도 후에도 본 적이 없다. 그의 두 번째 시집(『직설적, 아주 직설적인』)을 나오자마자 구입해 읽었던 까닭이고, 아직 한 번도 대면한 적 없는데 그를 친누이처럼 느끼는 까닭이고, 그의 청을 차마 거절할 수 없었던 까닭이기도 하다. 진부한 소재가 어디 어머니뿐이겠는가. 상징과 은유를 잃어버린 수많은 사물과 이름들. 그것에 새로운 상징과 은유를 불어넣어 더 큰 부피의 감동을 만들어내는 시인. 손한옥 시인은 내게 그런 누이였다.

> 머리 피도 안 마르고 머리 소똥도 안 버꺼진 것들이
> 남애 만나고 사당년같이 돌아 댕기사믄
> 앞날이 불 보드시 뻔 한기라
> 우야던동 에미 말 새기 들어야지
> 여차 잘모때믄 니 눈까리 니 찌른 변이 생기는 거 시간 문제대이
> 난중에 눈까리 눈물 빼지 말고 밍심하고 또 밍심하거래이
> — 「밍심보감」(『직설적, 아주 직설적인』) 부분

무엇보다 우리 어머니도 내게 "우량한 시 종자를 주셨"고 손 시인이 곁에 두고 슬플 때나 기쁠 때나 꺼내 읽는 어머니라는 "밍심보감"을 나 또한 지금도 경전처럼 곁에 두

고 꺼내 읽고 있으니, 손 시인과 나는 어쩌면 그 뿌리가 하나로 닿아 있었던 것은 아닐까 생각이 든다. 이번 시집에서 「대나무 꿀에 빠지다」라는 시를 읽었을 때는 아예 똑같은 기억을 갖고 있다는 사실에 소름이 돋기까지 했다.

> 대꿀을 따먹은 뒤 온몸에 두드러기가 돋았다
> 코가 모과처럼 울퉁불퉁 붓고 입술도 땡깔처럼 부풀고
> 손과 발 엉덩이까지 부어올랐다
> 두드러기에 효험 있다는 검정 옷을 덮어쓰고 찾아간 돌팔이 의원은
> 신장염으로 위독하다는 진단을 내렸다
> 팔랑개비처럼 사방팔방 돌아다니지만 나를 잃을까 놀란 엄마는
> 조약을 찾아 해먹이고 부기가 빠진다는 문어를 삶아 먹였다
> 신통방통 문어 물을 먹은 뒤 부기가 빠지기 시작했다
> —「대나무 꿀에 빠지다」 부분

내가 다섯 혹은 여섯 살쯤 되었을 때, 철원 살던 때였을 거다. 똥둣간에서 똥을 누다가 그만 똥통에 빠졌을 때, 온몸에 똥독이 올랐을 때, 우리 엄마도 "조약을 찾아 해먹이고" 온몸에 된장을 발라주었는데, "신통방통" 똥독이 "빠지기 시작했"던 것. '똥둣간 똥통에 빠지다'라는 제목으로 시를 한 편 쓴다면 어째 똑같은 시가 나오지 않을까 싶은 것이니, 고향도 성도 다르지만 손 시인과 나는 참 묘하게 엄마라는 뿌리에 닿아 있구나 싶은 것이다.

4

텍스트를 제대로 읽어내려면 콘텍스트를 또한 제대로 들여다볼 필요가 있다. 특히 시에서는 더더욱 그러하다. 손한옥 시인에게 있어, 손한옥의 시에 있어 놓쳐서는 안 될 콘텍스트는 바로 '엄마'와 '밀양이라는 지수화풍(地水火風)' 그리고 '코끼리'다. 엄마는 앞서 이야기하였으니 이번에는 '밀양이라는 지수화풍'을 살펴보아야 하겠다. 지수화풍(地水火風)이란 게 무엇이던가. 만물 생성의 근본 아니던가. 내 몸을 이루는 것이 또한 지수화풍이니, 삶과 죽음 또한 지수화풍의 이합집산의 결과 아니던가. 그렇다면 시인이 말하고 싶은 '밀양이라는 지수화풍'은 과연 무엇일까. 두 번째 시집(『직설적, 아주 직설적인』)에서 시인은 「나의 시원(詩原), 밀양의 지수화풍(地水火風)에게」라는 산문을 통해 아주 길게 직접적으로 얘기하고 있다. 워낙에 길어서 여기에 옮길 엄두가 나질 않았는데, 다행스럽게도 시인이 이번 시집에서 그 길고 긴 사연을 몇 편의 시로 풀어놓았다. 그가 스스로 명명한 '밀양이라는 지수화풍'은 과연 어떤 모습이고, 그것이 어떻게 손한옥 시인의 시적 콘텍스트로 작용했을까.

대도시 부산에 살던 시인이 초등학교 5학년 때 위암에 걸린 아버지를 따라 그의 생가가 있는 고향, 소읍 밀양으로 이사를 오면서부터 이야기는 시작된다.

긴늪 숲을 지나 다원벌을 지나 금곡다리를 지나 애장들겅을 지나 수통미를 지나 양달뜰을 지나 상엿집을 지나 단장면 미촌리 사촌 보리포구 당산나무 숲을 지나면 나의 생가 나온다 // 새봄에 오래된 봄처럼 보았다 백 년 늙은 감나무 연둣빛 새순 꼬추 달린 머슴아와 놀던 여섯 살 앉아 있다 // 여린 듯 거칠고 아리고 몹쓸 시 / 내 피를 돌고 돌아 불감당인 말들 / 수통미에서 이따리목까지 끊이지 않고 흐르는 무진한 시 종자들 / 고종감 반시감 뚤뚤이 감 동이감 붉디붉게 익어가는

—「밀양 1」 전문

위암 걸리신 아버지와 우리는 고향인 단장면 미촌리 구미로 이사 왔다 / 시골 아이들은 빨간 모자 달린 옷을 입고 부산에서 전학 온 내가 우상이었다 / 아이들은 나를 데리고 다니며 마을 곳곳의 이야기들을 전해주고 조심하라고 / 귀신이 있는 곳까지 알려주었다 귀신은 어둡고 컴컴한 곳 가마니 드리워진 변소나 오래된 바위거나 고목 아래 있다 했다 한 번도 보지 못한 귀신을 나는 믿고 지내며 조심조심 살았다 // 바람과 구름과 진달래 감나무와 밤나무 탱가리와 꺽두구 쑥과 소나무 사나운 태풍과 붉은 홍수 구릉논과 양달뜰과 이따리목과 칠탄정 피래미와 버들피리 풍개와 대꽃 참외와 포도 살구꽃과 가지 당국화와 우물 아버지의 임종과 지붕 위의 흰 옷 짚으로 만든 머리띠와 대나무 지팡이 까마귀와 까치 새끼줄 감긴 빈소와 곡소리 엄마와 언니와 내 동생 욱이 사무치는 그 땅 봄 여름 가을 겨울 꿈속에서도 찬란한 땅 밀양 내 시종자의 고향

—「밀양 2」 전문

손한옥 시인의 시원을 찾아가려면 "긴늪 숲을 지나"야 하고 "다원벌을 지나"야 하고 "금곡다리를 지나"야 하고 "애장들경을 지나"야 하고 "수통미를 지나"야 하고 "양달뜰을 지나"야 하고 "상엿집을 지나"야 하고 "보리포구 당산나무 숲을 지나"야 한다. 그러면 비로소 거기에 "백 년 늙은 감나무" 아래 "꼬추 달린 머슴아와 놀던 여섯 살" 유년의 시인이 앉아 있다.

이제야 알겠다. 손한옥이 아니면 쓸 수 없는 손한옥만의 시가 어디서부터 시작되었는지. "여린 듯 거칠고 아리고 몹쓸 시"와 그의 "피를 돌고 돌아 불감당인 말들"과 "무진한 시 종자"(「밀양 1」)들이 어디서부터 시작되었는지 이제야 알겠다. "바람과 구름과 진달래" "감나무와 밤나무" "탱가리와 꺽두구" "쑥과 소나무" "사나운 태풍과 붉은 홍수" "구릉논과 양달뜰과 이따리목과 칠탄정" "피래미와 버들피리" "풍개와 대꽂" "참외와 포도" "살구꽃과 가지" "당국화와 우물" "아버지의 임종과 지붕 위의 흰옷" "짚으로 만든 머리띠와 대나무 지팡이" "까마귀와 까치" "새끼줄 감긴 빈소와 곡소리" "엄마와 언니와 내 동생 욱이 사무치는 그 땅" "봄 여름 가을 겨울 꿈속에서도 찬란한 땅"(「밀양 2」)이 밀양이고 '밀양이라는 지수화풍(地水火風)'이다. "살구꽃 찔레꽃 가지꽃 채송화 황국 지천"에 피었고, "나를 업고 키운 여윈" 언니의 등, "오줌 묻어 따가웠을 여덟 살" 언니의 등이 아직도 "별등"(「저, 별

등」)으로 빛나는 그곳이 밀양이고 '밀양이라는 지수화풍(地水火風)'이다. 그곳에서 손한옥의 시가 시작된 것이었다.

이제야 알겠다. 손한옥의 시에 "어둡고 컴컴한 곳 가마니 드리워진 변소나 오래된 바위거나 고목 아래"(「밀양 2」) 귀신들이 여전히 살고 있고, 대숲 속에 "담뱃대가 긴" 무서운 "청도할배"(「대나무 꿀에 빠지다」)가 여전히 살고 있는 까닭을 이제야 알겠다. 전설 같은 이야기, 하늘과 바람의 이야기를 들려주는 손한옥의 시편들은 얼핏 보면 우리가 이미 지나쳐온 과거를 소환하는 듯 보이지만 실은 우리가 잃어버린 미래를 소환하고 있다는 것을 알겠다.

우리가 너무 쉽게 잊고 살아서 그렇지 그다지 멀지 않은 과거의 우리 삶은 지금과 달라도 너무 달랐다. 그곳에는 발길 닿는 곳마다 이야기가 있었고, 눈길 닿는 곳마다 전설이 묻어 있었으니, 삶은 그야말로 온통 신비로움으로 가득했다. 인류의 과학 기술과 지식 문명이 인류에게 유토피아에 닿게 할 것이라는 믿음은 진즉에 끝났고 이미 우리는 디스토피아를 목전에 두고 있는지도 모른다. '밀양이라는 지수화풍'은 그러니까 손한옥 시인의 시원이기도 하지만 우리가 다시 찾아야 할 근본에 대한 무거운 질문이기도 한 셈이다.

5

무릇 형상이 있는 것은 모두가 다 허망하니 만약 모든 형상을 형상이 아닌 것으로 보면, 곧 여래를 보리라(凡所有相 皆是虛妄 若見諸相非相 卽見如來).

응당 색에 머물러서 마음을 내지 말며, 응당 성향미촉법에 머물러서 마음을 내지 말 것이요, 응당 머문 바 없이 그 마음을 낼 지니라(不應住色生心 不應住聲香味觸法生心 應無所住 而生其心).

만약 색신으로써 나를 보거나 음성으로써 나를 구하면 이 사람은 거짓된 도를 행함이니, 능히 여래를 보지 못하리라(若以色見我 以音聲求我 是人行邪道 不能見如來).

모든 유위법(有爲法)은 마치 꿈과 허깨비, 물거품과 그림자 같고 이슬 같고 또한 번개와 같으니, 응당 이렇게 볼 지니라(一切有爲法 如夢幻泡影 如露亦如電 應作如是觀).

— 금강경 사구게(金剛經四句偈)

6

지금까지 '엄마'와 '밀양이라는 지수화풍(地水火風)' 이야기를 했으니 이번에는 '코끼리' 얘기를 해야겠다. 그런데 뜬금없이 '코끼리'라니? 손한옥 시인은 이번 다섯 번째 시집 『얼음 강을 건너온 미나리체』를 묶으며 「시인의 말」에서 이렇게 이야기한다.

> "코끼리 앞에서 늘 허물을 숨겼다 / 내가 무너졌다 / 코끼리 앞에서 허물을 다 드러냈다 / 코끼리가 무너졌다 // 적이 없는 자리 / 허물이 허물어진 자리 // 나의 모든 허물들이여 / 세상 밖으로 나가라 / 돌아오지 마라"(「시인의 말」 전문)

'시인의 말'인 만큼 아마도 이번 시집을 묶는 데 있어 시인에게 가장 중요한 것은 코끼리였음이 분명한데, 엄마와 밀양이라는 지수화풍을 나온 시인은 이제 코끼리를 붙잡고 있는 것인데, 도대체 코끼리가 무엇일까.

사실 코끼리는 불교의 상징 중 하나이다. 다 아는 얘기겠지만 굳이 간략하자면; 혼인을 한 지 십 년이 지나도록 아들이 없었으니 마야부인의 걱정은 이만저만이 아니었는데, 어느 날 마야부인이 꿈을 꾼다. 오색찬란한 빛과 장엄한 음악이 하늘에 가득하더니 여섯 개의 어금니를 지닌 흰 코끼리가 내려와 마야부인의 오른쪽 옆구리로 들어오는 것이다. 바라문들이 이 꿈을 해석하길, 인류의 무지를 깨치게 해줄 대각자(大覺者), 곧 부처가 될 아들이 태어날 것이라 했다. 마침내 아들이 태어났으니 그가 바로 불교를 창시한 고타마 싯다르타이다. 흰 코끼리가 불교의 큰 상징이 된 까닭이다. 그렇다면 시인이 말한 코끼리는 불교 혹은 불교를 기반으로 한 윤리학(에티카) 혹은 신앙심을 뜻하는 것일까. 시집 속의 많은 시편에서 불교적 문장과 색채를 찾을 수 있으니 그럴 개연성은 충분하다. 코끼리를 불교적 에티카로 연상할 수 있는 아래의 몇 편의 시를 살펴보면 그렇다.

마른 밥알 붙어 개수대에 쌓인 이 그릇들 / 불가마에 녹이면 날개 돋을까 / 끊임없이 물 흘려보내 넘치고 넘치면 뗏목 하나 올까
—「안과 밖 그 사이, 날개는」 부분

천상천하 유아독존 / 존귀한 독존은 공양에서 시작한다 // (중략) // 위계란 위가 아래를 다스리는 게 아니라 / 위가 아래를 품고 가는 게 // (중략) // 공정한 식탁 / 천상천하 하나로 존귀한,
—「공정한 식탁」 부분

어느 날 내 숨결의 끝 또한 저 구름 속 고요 / 생야일편부운기生也一片浮雲起 / 사야일편부운멸死也一片浮雲滅 // 하늘은 수수억 년 그 자리에 있는데 / 나의 탐과 진과 치들이 구름처럼 일어나고 또 스러지는 것
—「머리를 감고」 부분

바늘 촉만 한 분노 솟구칠 때 / 오백 년 쌓아올린 인욕의 탑 와르르 무너진다
—「근기의 그릇」 부분

수술실 앞 세 시간 째 그녀가 주력하는 신묘장구대다라니 / 일년치 모아 달달달 / 나모라 다나다라 / 퇴원하면 비늘도 비늘도 건드리지 않을 거다 / 목카 싱하 목카야 // 천수천안 백의의 옷자락 그 몸에 / 강림하시라

—「닭대가리」 부분

황량한 바람 부는 붉은 사막에서 / 모래 한 알의 나는 일몰을 쫓아다닐 나는 / 어디에 서서 눈물을 막을까 // 신묘한 대다라니를 청한다 / 끝도 없이 뿌려대던 길고 잔 소리들 그래 마구 뿌려라 / 내 전신으로 씨처럼 뿌려라 화살처럼 뿌려라

—「가상의 슬픔」 부분

아들님아 / 축하는 부질없다 / 수희동참하는 이 용심 위에 내리는 천복은 아들님이 가지소

—「이상한 기념일」 부분

나는 왜 자꾸 시절 인연을 흔들고 있는가 / 고요하자 말아라 쉬자 말아라 / 한옥아 초연성아 사랑하는 띠꾸야 // 너만 고요하면 된다

—「쪽밤」 부분

막내 시동생 일주향 맑은 음성 / 응무소주이생기심 나투며 / 8폭 금강경 병풍으로 나를 둘러 감싼다

—「곶감이 된 밀감」 부분

오늘도 가시 박힌 손가락 들고 / 바늘로 파내며 경전 본다 / 그냥 두란다 곪으면 터진다고

—「곪으면 터진다」 부분

부처님 전 수십 년 꽃 공양해도 한 번도 만나지 못한 꽃 / 긴 긴 장맛비 내리시는 날 홀연히 피었더라

—「장미, 그 우월한」 부분

그런데 '아, 코끼리는 바로 불교적 에타카이겠구나' 하는 순간 이상하다. 마치 장님이 코끼리를 말하는 격은 아닌가 싶은 것이 뭔가 개운치 않다. 아무래도 정답이 아닐 듯하다. 원고를 몇 번 더 읽고 또 읽다가 마침내 그런 생각이 들었다. '아, 헛다리를 짚었구나. 진짜로 장님이 코끼리를 말했구나.' 코끼리는 그냥 지금까지 손한옥 시인이 써온 '시(詩)' 그 자체였다. '코끼리'를 '詩'로 바꾸어 다시 읽어본다.

"詩 앞에서 늘 허물을 숨겼다 / 내가 무너졌다 / 詩 앞에서 허물을 다 드러냈다 / 詩가 무너졌다 // 적이 없는 자리 / 허물이 허물어진 자리 // 나의 모든 허물들이여 / 세상 밖으로 나가라 / 돌아오지 마라"

그랬다. 그는 지금까지 써온 모든 시를 무너뜨리면서

다시 또 새로운 시의 길을 내딛는 것임을 선언한 것이었다.

7

여래상설 여등비구 지아설법 여벌유자 법상응사 하황비법(如來常說 汝等比丘 知我說法 如筏喩者 法尙應捨 何況非法)
— 금강경

강을 건넜거든, 뗏목을 버려야 한다.

8

그러고 보니 시인이 왜 시집의 맨 처음에 「미나리체로 서명하다」라는 시를 배치한지 알겠다.

나의 리스트에 고딕체로 저장된 사람들을 불러 모았다
책마다 서명하고 밀봉했다

겨울 한철 미나리처럼 살아 있었다고
초록빛 선명하게 그려 보냈다
〉

공동묘지 앞을 지나면서도 휘파람 부는 유쾌한 낙천 뒤에
정직한 고통들 눈물도 싱싱하다고

초췌한 흔적을 남기고 날아가는 저 말의 빛과 그림자
할 말을 했다는 반과 말도 안 된다는 반에서 나는 또 웅크린 스피노자를 생각한다

처음보다 두 번째 두 번보다 세 번째 세 번보다 네 번째 네 번보다 다섯 번째
햇빛을 가리지 않은 사람만이
얼음 강을 건너온 미나리체를 만날 것이라고
―「미나리체로 서명하다」 전문

시인은 이번 시집은 "미나리체"로 쓰여진 시집이라며 "처음보다 두 번째 두 번보다 세 번째 세 번보다 네 번째 네 번보다 다섯 번째 / 햇빛을 가리지 않은 사람만이 / 얼음 강을 건너온 미나리체를 만날 것"이라고 했다. 무슨 뜻일까. 나는 "오만과 편견과 독선과 아집이라는 고딕의 감옥, 유위(有爲=人爲)의 감옥에서 벗어나면 비로소 무위자연(無爲自然)의 미나리체를 만날 것"이라고 읽는다.

시인이 보기에 지금 세상은 "신발이 잠기고 텔레비전이 잠기고 식탁이 잠기고 침대가 잠기고 시가 잠기고 컴

퓨터가 잠"긴 세상이고(「굿모닝, 좋은 아침」), "데스마스크 아래 / 우리의 연극은 끝났"으니 "날마다 한 뼘씩" 우울이 자라는 세상이고(「그리워라 발랄한 날」), "비행기가 떨어"지고 "장난감 같은 승용차들"이 박살나고 있는 세상이고(「새벽 꿈」), "탐과 진과 치들이 구름처럼 일어나고 또 스러지는" 세상이고(「머리를 감고」), "오백 년 쌓아올린 인욕의 탑 와르르 무너"지는 세상이고(「근기의 그릇」), "kiss가 사라지고 keep가 창궐한 세상"(「눈으로 말하다」)이다. 그야말로 온통 '고딕의 감옥, 유위의 감옥'에 갇힌 세상이다. 파국으로 치닫고 있는 인위의 세상에서 우리를 구원할 수 있는 유일한 길은 무위자연을 회복하는 것이니, "햇빛을 가리지 않은 사람만이 / 얼음 강을 건너온 미나리체를 만날 것"이라는 시인의 말은 그런 성찰을 담고 있는 것이겠다.

9

천지만물에 두루 성스러움과 존엄함이 깃들어 있음을 알고 받들어 대접하는 사람이 참 사람입니다.

— 전우익

손한옥의 이번 시집을 축약하면 어떻게 쓸 수 있을까.

"삶을 배반하지 않는 시, 삶과 유리되지 않는 시, 측은지심을 바탕으로 하는 시……." 이 정도의 표현으로는 아무래도 2% 부족하다. 다만 요즘의 시들이 보여주고 있는 말들의 향연과는 사뭇 다른 지점에서 쓰여진 것만은 틀림없다. 다른 지점이 무엇일까 곰곰 생각하니 바로 '모심[侍] 즉, 공양(供養)'이다.

그래서 감히 말하건대, "손한옥의 詩는 侍다. 천지만물의 생명을 받들어 모심이고 공양이다." 시집 속의 어느 시편을 읽든 그 바탕에는 이런 '천지만물에 대한 모심'이라는 어미의 마음[母心]이 깃들어 있다.

1

나는 저 아이를 사랑하기 위하여 사랑하는 것이 아니라 하늘의 마음으로 사랑하는데 아이는 오직 제 어미와 아비만이 합일이다 함께 사는 건 가족이다 한결로 사랑하는 거다 일러도 아이가 그려놓은 동그라미 바깥은 천길 벼랑

아이는 유년의 내 거울 내가 서 있다 나 닮아서 예쁘고 나 닮아서 밉다란 말 인과가 그리 오랜 세월이 지나는 것이 아니더라 시시때때로 어머니 앞에 서는 나 어머니 환생하시면 진상의 그 딸 다시 만나실까 묻는다 그래 수수억 년 지나도 그리하실 것이다 왜냐면 내가 그 끈 놓지 않을 거니까 웬수처럼 귀인처럼 나찰처럼 엄마 아버지 오빠 우리 언니 내 동생 욱이 사무치는 이름들 돌아오라 다시 다시,

〉

2

어느 날 내 손을 물끄러미 바라보던 아이 말 할머니 손은 목욕탕에서 나온 것 같아요 깨끗하단 말이구나 했는데 천만에다 물에 불은 듯 늙고 주름진 손에 대한 아이 눈의 기준 내 혐오의 기준 잠긴 문 앞에 와서 문 열라 해도 열지 않는 문 앞에서 기다리는 건 비감

그대로 머물러라 세상에서 사라져도 기억 한 켠 세잎 클로버에 불과할 뿐이니 네잎 클로버를 딴 희열의 기억은 잊으시라 견주거나 노여워 마시라 아이의 사랑이 몇 센티이거나 몇 킬로이거나 재단하지 마시라 아이 마음 그 바탕에 있는 어른은 언제나 자유를 제지하는 봉건자, 저를 거부하고 계관하는 대상이라 여길 것이니 내 유년의 한 켠처럼 만날 때마다 대쪽 같던 지적자 상주할 매 혼일지 몰라

3

노여워 말라 바라지 말라 손이 다 닳아도 천근으로 서 있어도 천출의 이 마음 죽일 놈의 사랑 하늘도 못 헤아리지 아이는 노인의 냄새를 알아가고 노인은 자신의 노화된 봉건의 냄새를 알지 못하고 있는 것이 비극이요 희극 뒷산 박달산 푸른 새벽 숲에서 뻐꾸기 운다 오늘은 또 어떤 산도깨비 내려올까

4

돌아본다 철칙 하나 불온과 악을 이기는 것은 사랑 사랑뿐이

더라 일 십 백 천 만 내가 이르지 못함이니 수억만 번 헤아려도 사랑 하나뿐 너덜너덜 사랑 나를 키워온 건 구 할의 사랑 그대로 그대로 지금 그대로

밥, 밥 먹어야 하니까,
—「비극과 희극 사이」 전문

인간은 지나치게 영민해서 교만이 극에 달았으니, 소위 인간의 과학문명과 자본주의가 세운 세상은 마침내 파국으로 치닫고 있다. 수많은 자연재해가 쓰나미처럼 덮쳐오고, 코로나19 바이러스와 같은 역병이 창궐한다. 시인은 이러한 때 삼신할미를 불러내고 마고할미를 불러낸다. 그렇다고 우리는 파국을 면할 수 있을까. 아무것도 확실한 것은 없다. 다만, 한 가지 확실한 것은 세상의 어미들이 세상의 자식을 낳고 길러냈다는 것이다. 그런 어미의 마음을 회복하는 것이 우리에게 일말의 희망이지 않을까. 손한옥 시인의 이번 시집의 가장 밑바탕을 이루고 있는 것은 바로 그런 메시지가 아닐까. 나는 그렇게 읽는다.

10

매화 배꽃 다 보는데

가뭄 든 밭이 다 젖도록 할 말 못할 말 다 쏟았다

오두방정 삐쭉새에게 들키고 말았다
조석지변 용심을 내려다보며 쉬지 않고 말한다
삐쭉삐쭉 삐쭉삐쭉
사이좋게 살아라 쇠귀에 경 읽기다

늘어진 벚꽃 한 움큼 훑어 던졌다
날아가지 않고 산뽕나무 가지만 촐랑 가소롭다 말한다
고렇게 생긴 맘에 예쁜 시가 나오냐
삐쭉삐쭉 어림없다 삐쭉

손목에 힘 들어간 호미촉 뜨겁다
애꿎은 돌 바스러지고
산새 악다구니 악처 입같이 막을 수 없다
세상에서 제일 재미진 것이 남의 흉보는 것이라고
삐쭉새 이 가지 저 가지 옮겨 다니며 한나절 내내 삐쭉거린다
껍데기만 멀쩡하다
삐쭉삐쭉 너 잘났다 삐쭉

벚꽃 이파리 하나
쑥 이파리 하나
싹싹 비벼 귀 막자
—「직설적인 새」 전문

손한옥 시가 빚은 그 언어의 무늬를 제대로 살펴보고자 했지만 결국 헛다리만 짚고 말았다. 그래도 마무리는 해야겠다.

손한옥 시인은 지금까지 네 권의 시집을 냈고, 이번에 다섯 번째 시집을 짓는다. 그 전체를 관통하는 시적 형식을 하나 꼽으라면 나는 직설(直說)을 꼽는다. 그의 언어는 화살과 같아서 결코 에두르지 않는다.

보통의 시인들은 말[言]을 지우기 위해 말[語]을 쓴다. 말[語]을 지워서 더 큰 말[言]을 그린다. 직설(直說)을 피해 곡설(曲說)로 간다. 그런데 손한옥 시인은 조금 다르다. 손한옥 시인의 말은 벼리고 벼린 화살촉을 장착한 화살과 같다. 시위를 떠난 화살은 겉으로 보이기에는 직진(直進)하는 것처럼 보이지만 고속 카메라로 촬영을 하면 실제로는 곡진(曲進)하는 것을 알 수 있다. 오히려 곡진하기 때문에 정곡(正鵠)을 찌를 수 있다는 데 바로 화살의 비밀이 숨어 있다.

결론적으로 말하자면, 손한옥 시인은 "직설(直說)로 곡해(曲解)를 짓고, 곡해 속에서 말의 진경(眞景)을 펼쳐 보이고, 마침내 삶의 정곡(正鵠)을 찌른다."

오로지 시로만 접하였을 뿐인데, 생면부지(生面不知)면서도 동기간처럼 살갑게 느껴지는 손한옥 시인이다. 그와 시의 도반(道伴)이 되어 시의 길을 함께/홀로 걸을 수 있어 나로서는 행복하다. 독자들도 그의 도반이 되어 시의 길을 함께 오래 걸어갔으면 좋겠다. 그가 향하는 시의 길은 사실 지금부터겠다.

얼음 강을 건너온 미나리체

1판 1쇄 발행	2021년 3월 30일
지은이	손한옥
발행인	윤미소
발행처	(주)달아실출판사
책임편집	박제영
디자인	전형근
마케팅	배상휘
법률자문	김용진
주소	강원도 춘천시 춘천로 17번길 37, 1층
전화	033-241-7661
팩스	033-241-7662
이메일	dalasilmoongo@naver.com
출판등록	2016년 12월 30일 제494호

ISBN 979-11-88710-97-3 03810